ESTE LIBRO
PERTENECE A

¿YA CONOCES A TODOS LOS MONSTRUOS?

APRENDE A LEER
- en la -
ESCUELA de MONSTRUOS

Ilustraciones de **CHRIS KENNETT**

SALLY RIPPIN

Adaptación de **MAR BENEGAS**

APESTOSO PERO DELICIOSO

Montena

CUIDADO. NO ENTRES.
PELIGRO.

MEJOR NO ABRAS
ESTE LIBRO.

LA ESCUELA de MONSTRUOS
HA ABIERTO
SUS PUERTAS.

SI SALES
CORRIENDO,
¡SEGURO QUE
ACIERTAS!

A CRISTINA
LE RECHIFLA
LA COCINA.

BARRO, GUSANOS
Y PLUMAS
DE GALLINA.

LOLA LE DICE:
—¡CRISTINA, PARA
QUIETA!

¡LO MANCHAS TODO Y HUELE A MOFETA!

—VE A LA COCINA CON LA SEÑORA NORA.

SERÁS SU AYUDANTE
A PARTIR DE AHORA.

HAY MUCHO TRABAJO,
COCINA SIN PARAR.

—¿QUÉ QUIERES, CRISTINA, VIENES A AYUDAR?

PARA EMPEZAR...
¡BÚSCAME UNA RECETA!

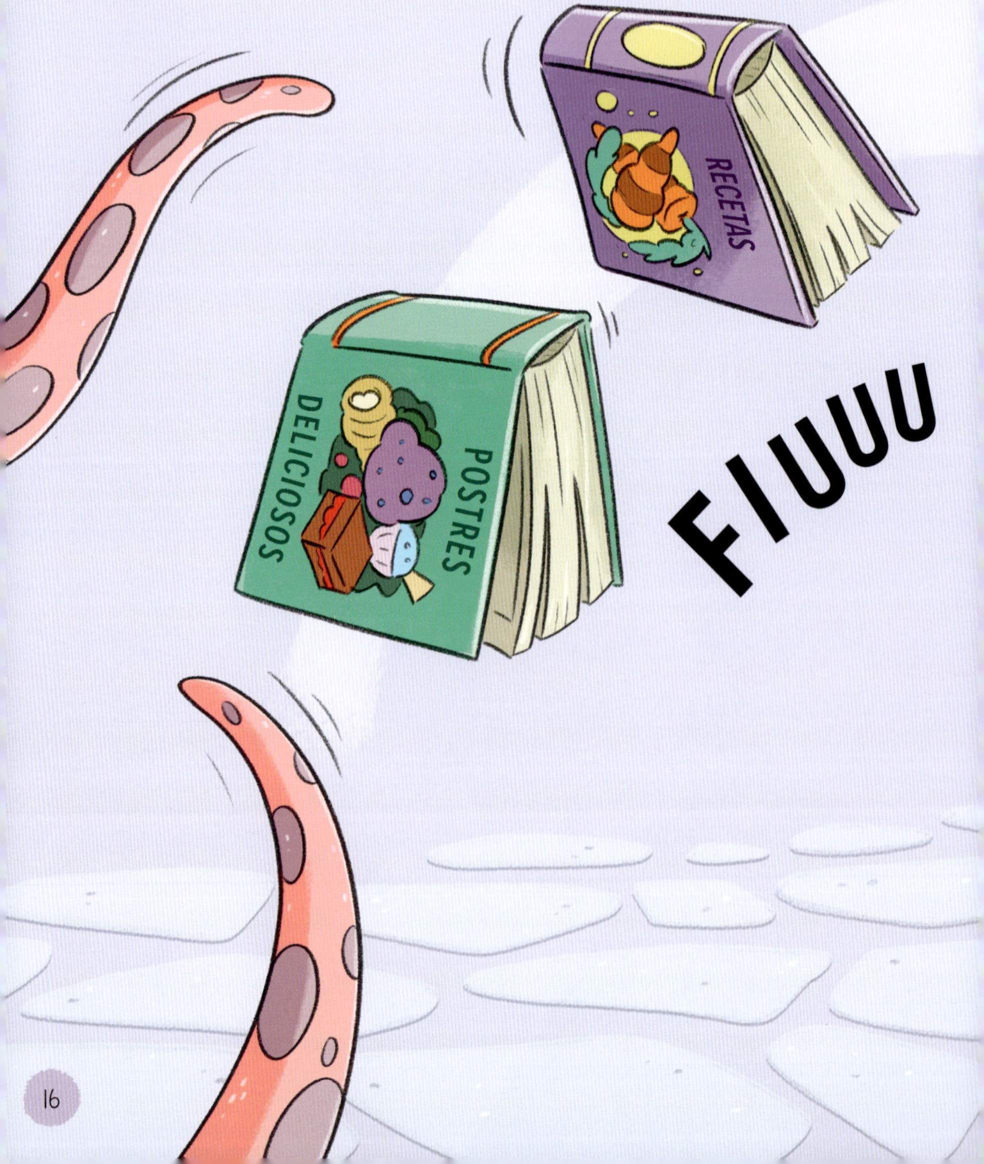

PREPARAREMOS UNA SOPA SECRETA.

CRISTINA, ENTRE TODOS, ELIGE EL AMARILLO:

—ME VOY AL JARDÍN,
A VER LO QUE PILLO.

—¡QUÉ DELICIOSO! —DICE
MIENTRAS GUARDA

GUSANOS, TRES HOJAS Y UNA GRAN **MOSCARDA**.

NORA VA A LO SUYO,
CON GRAN ESMERO,

CRISTINA SE DIRIGE HACIA EL PUCHERO.

LO ECHA EN LA OLLA
Y HUELE MUY MAL.

NORA SE DA CUENTA:
—ESTO ESTÁ FATAL.

—¡PUES CLARO, ESE LIBRO NO ES DE COCINA!

COSAS APESTOSAS
Y MOSCAS ALBINAS…

CRISTINA ESTÁ
MUY TRISTE, LLORA
QUE LLORA.

—YO SOLO PRETENDÍA AYUDARTE, NORA.

NORA PRUEBA LA SOPA CON EL CUCHARÓN:

¡SSSCHUPPP!

—¡HUELE MUY MAL PERO SABE A BOMBÓN!

LLEGAN LOS MONSTRUOS HASTA EL COMEDOR:

—¡QUÉ PESTE! ¡QUÉ ASCO!
¿QUÉ ES ESE OLOR?

ES CIERTO, HUELE MAL,
PERO LA HIZO SU AMIGA,

RESULTA QUE ESTÁ RICA. NO DEJAN NI LAS MIGAS.

—MEJOR NO JUZGAR SIN CONOCER PRIMERO:

¡SALIÓ LA MEJOR SOPA DEL MUNDO ENTERO!

APRENDE PALABRAS NUEVAS

COCINA

NORA

AMARILLO

MOSCARDA

MAL

GALLINA

QUIETA

ESMERO

PUCHERO

MOFETA

FATAL

LLORA

ALBINAS

OLOR

AHORA

COMEDOR

AMIGA

MIGAS

AYUDAR

RECETA

CUCHARÓN

BOMBÓN

ENTERO

SECRETA

PARAR

PILLÓ

GUARDA

PRIMERO

CÓMO USAR ESTE LIBRO

¡Aprende a leer en la Escuela de Monstruos!

Uno de los mayores placeres de los pequeños lectores es escuchar leer en voz alta a los mayores. Leer y contar cuentos es la mejor forma para que asocien los libros con una experiencia divertida, y es un momento perfecto para que se familiaricen con el lenguaje y aprendan a leer.

TRUCOS Y RECURSOS PARA GUIAR Y MEJORAR LA LECTURA

Es recomendable comentar juntos y hacerles preguntas sobre qué ven en las imágenes para ayudarles a complementar la historia.

Según avanzamos en la lectura, podemos ir siguiendo el texto con el dedo de izquierda a derecha, esto les ayuda a incorporar ese movimiento visual para aprender a leer.

Para ayudarles a aprender las palabras que no conocen podemos indicarles el sonido de algunas letras. Es recomendable referirse a las letras tal como suenan y no tal como se dicen. Es decir la "eme" será "m", no "eme".

Podemos ir señalando las palabras destacadas en lila para que se familiaricen con ellas y las integren en su vocabulario. Según vaya incrementándose su confianza, es conveniente hacer una pausa en las palabras destacadas para que las pronuncien sin ayuda.

Luego podremos volver a practicar estas palabras usando la lista que se encuentra al final del libro.

Poco a poco los pequeños lectores se sentirán preparados para enfrentarse a la lectura de todo el libro sin ayuda. Incluso se atreverán a inventarse sus propias historias de monstruos. ¡Imaginación al poder!

Sally Rippin es una de las autoras infantiles más exitosas y apreciadas del mundo. Ha escrito más de cincuenta libros para niños y jóvenes, y ha obtenido numerosos premios por su escritura. Sus libros más conocidos son *Billie B Brown*, *Hey Jack!* y las series Polly y Buster. A Sally le gusta mucho escribir historias emotivas, así como personajes con los que se identifiquen tanto niños como padres y maestros.

WWW.SCHOOLOFMONSTERS.COM

CÓMO DIBUJAR A CRISTINA

1. Usando un lapicero, empieza con dos círculos para los ojos, una boca sonriente y una cabeza ovalada.

2. Añade algunos bucles para el cabello y el cuello. Un par de semicírculos para las orejas y líneas curvas para las coletas.

3. Dibuja dos líneas para el cuerpo y cuatro bucles para la parte baja del vestido.

4. Añade algunas líneas para los brazos y las piernas, sin llegar a cerrarlas del todo.

5 Dibuja entonces las manos y los pies.

6 ¡Es el momento de los detalles finales! Dibuja las pestañas, las líneas para las pulseras, el cinturón y las mallas.
¡No olvides sus dos dientes delanteros!

Chris Kennett lleva dibujando desde que es capaz de sostener un lápiz (o eso dice su madre). Profesionalmente, Chris ha estado dibujando personajes extravagantes durante los últimos veinte años. Es muy conocido por dibujar las criaturas extrañas y maravillosas de la saga de Star Wars, pero también le encanta dibujar monstruos tiernos y adorables, ¡y espera que tú también lo hagas!

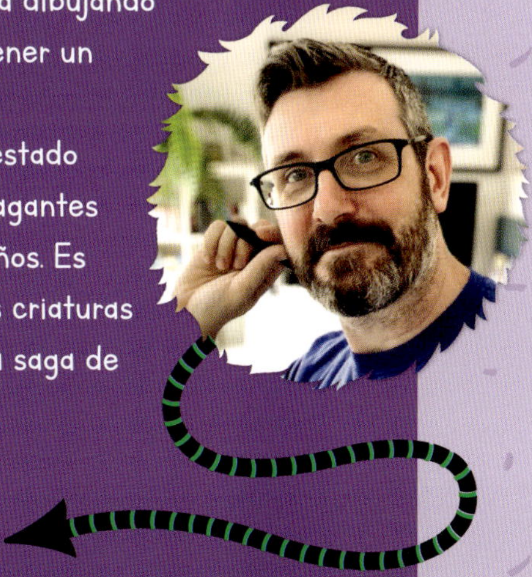

ESCUELA de MONSTRUOS

¿HAS LEÍDO TODOS LOS LIBROS DE LA COLECCIÓN?

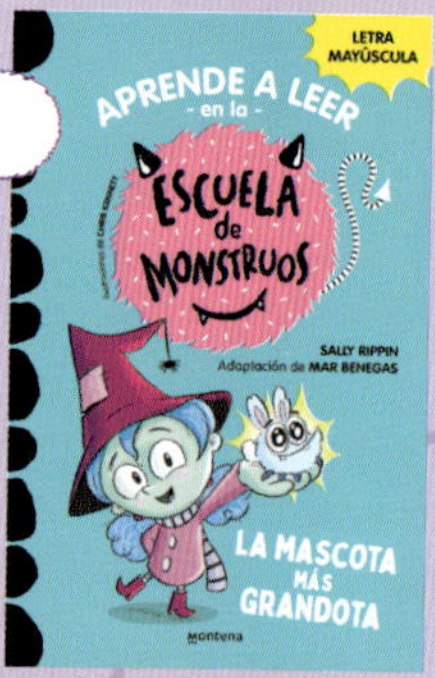

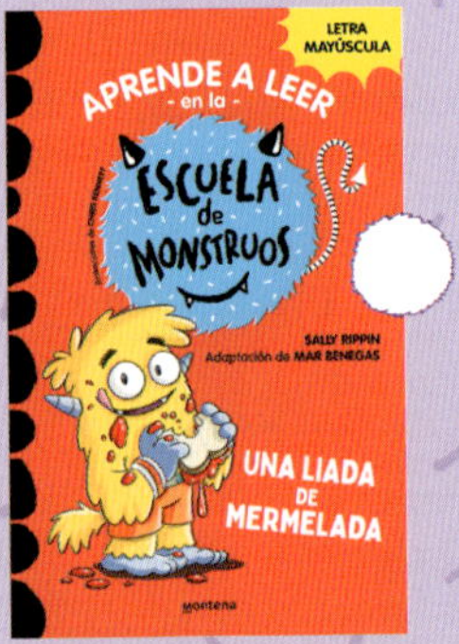

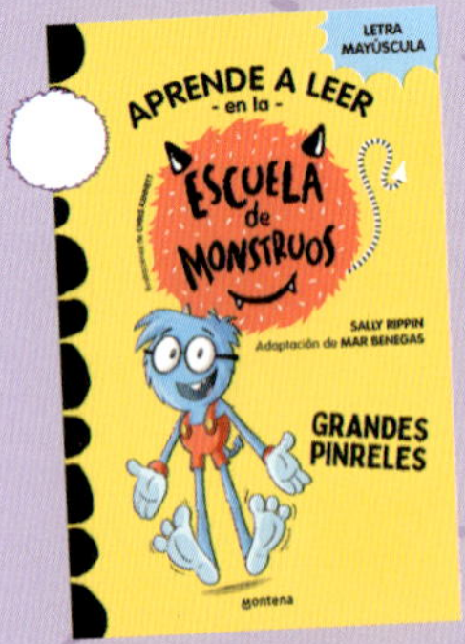

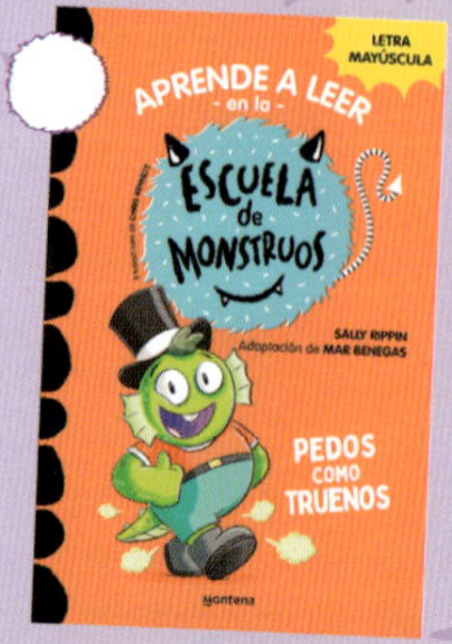

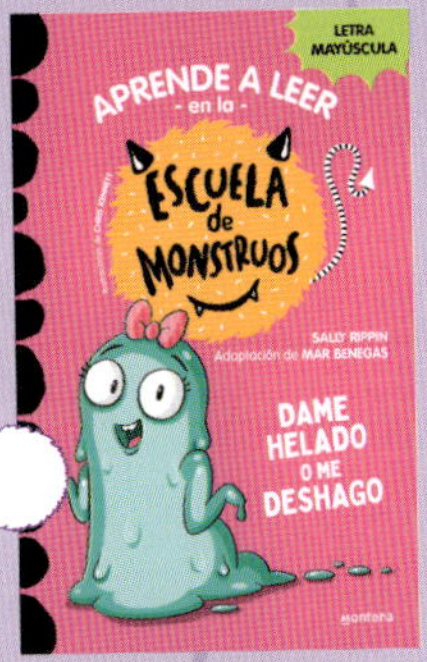
LETRA MAYÚSCULA
APRENDE A LEER
- en la -
ESCUELA de MONSTRUOS
SALLY RIPPIN
Adaptación de MAR BENEGAS
DAME HELADO O ME DESHAGO
montena

LETRA MAYÚSCULA
APRENDE A LEER
- en la -
ESCUELA de MONSTRUOS
SALLY RIPPIN
Adaptación de MAR BENEGAS
PRIMER DÍA, ¡QUÉ ALEGRÍA!
montena

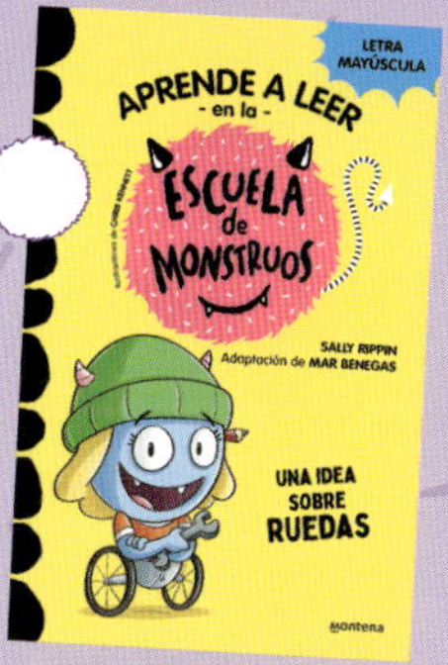
LETRA MAYÚSCULA
APRENDE A LEER
- en la -
ESCUELA de MONSTRUOS
SALLY RIPPIN
Adaptación de MAR BENEGAS
UNA IDEA SOBRE RUEDAS
montena

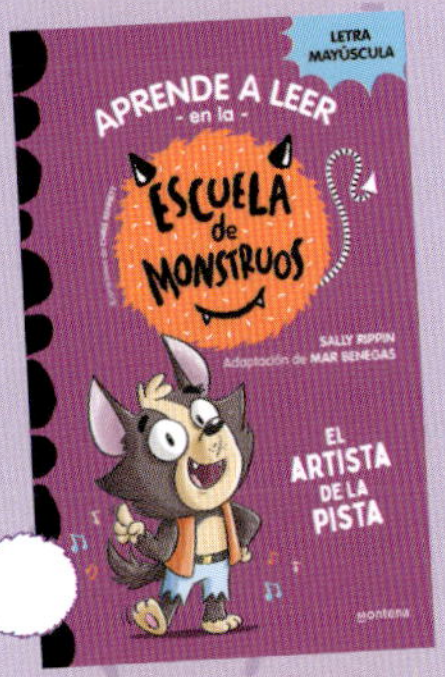
LETRA MAYÚSCULA
APRENDE A LEER
- en la -
ESCUELA de MONSTRUOS
SALLY RIPPIN
Adaptación de MAR BENEGAS
EL ARTISTA DE LA PISTA
montena

LETRA MAYÚSCULA
APRENDE A LEER
- en la -
ESCUELA de MONSTRUOS
SALLY RIPPIN
Adaptación de MAR BENEGAS
APESTOSO PERO DELICIOSO
montena

LETRA MAYÚSCULA
APRENDE A LEER
- en la -
ESCUELA de MONSTRUOS
SALLY RIPPIN
Adaptación de MAR BENEGAS
CUIDADO CUANDO ME ENFADO
montena

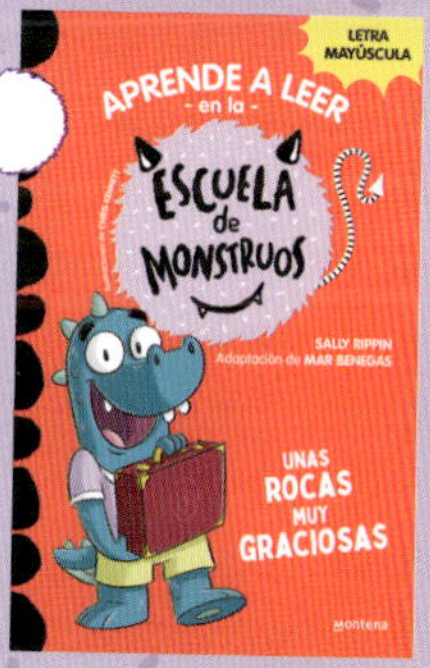
LETRA MAYÚSCULA
APRENDE A LEER
- en la -
ESCUELA de MONSTRUOS
SALLY RIPPIN
Adaptación de MAR BENEGAS
UNAS ROCAS MUY GRACIOSAS
montena

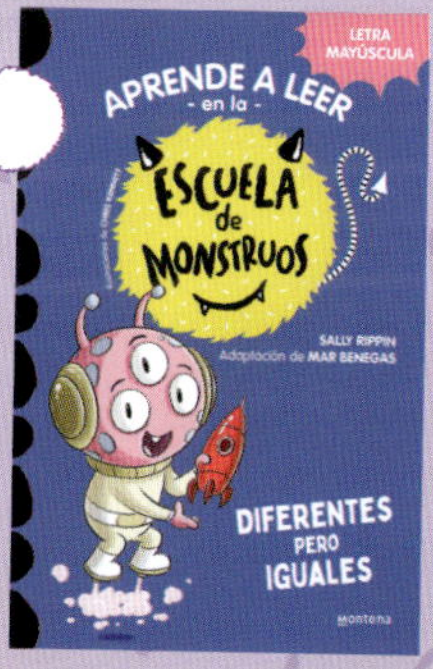
LETRA MAYÚSCULA
APRENDE A LEER
- en la -
ESCUELA de MONSTRUOS
SALLY RIPPIN
Adaptación de MAR BENEGAS
DIFERENTES PERO IGUALES
montena

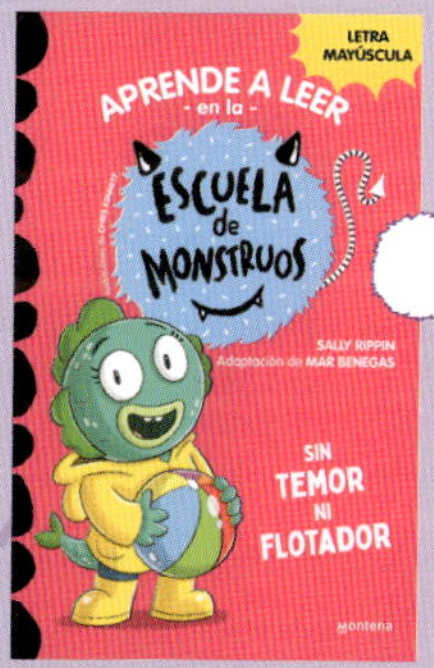
LETRA MAYÚSCULA
APRENDE A LEER
- en la -
ESCUELA de MONSTRUOS
SALLY RIPPIN
Adaptación de MAR BENEGAS
SIN TEMOR NI FLOTADOR
montena

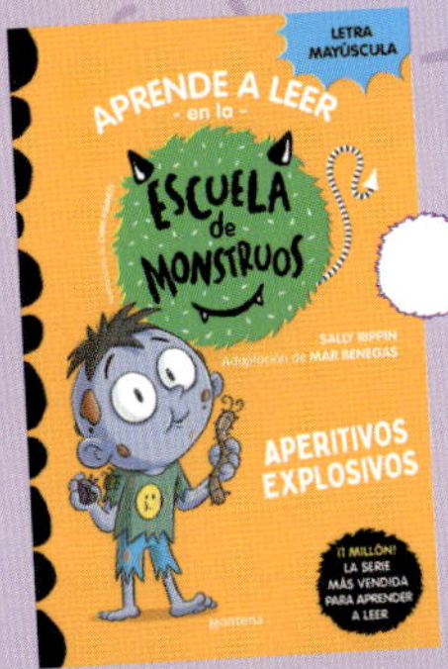
LETRA MAYÚSCULA
APRENDE A LEER
- en la -
ESCUELA de MONSTRUOS
SALLY RIPPIN
Adaptación de MAR BENEGAS
APERITIVOS EXPLOSIVOS
¡1 MILLÓN! LA SERIE MÁS VENDIDA PARA APRENDER A LEER
montena

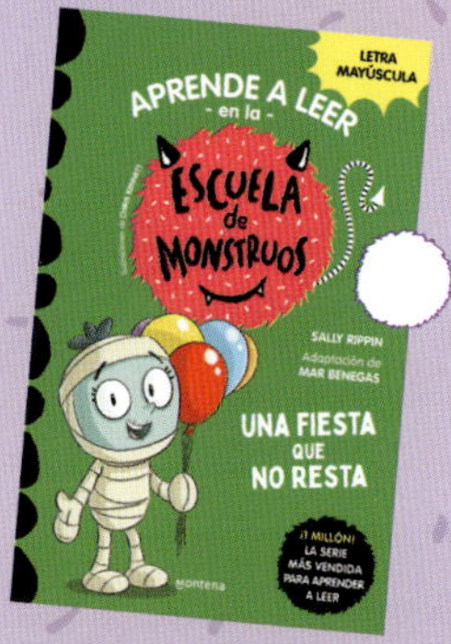
LETRA MAYÚSCULA
APRENDE A LEER
- en la -
ESCUELA de MONSTRUOS
SALLY RIPPIN
Adaptación de MAR BENEGAS
UNA FIESTA QUE NO RESTA
¡1 MILLÓN! LA SERIE MÁS VENDIDA PARA APRENDER A LEER
montena

Papel certificado por
el Forest Stewardship Council®

MIXTO
Papel | Apoyando la silvicultura responsable
FSC® C117695

Penguin Random House Grupo Editorial

Título original: *Pip Loves to Cook*

Primera edición: abril de 2024
Tercera reimpresión: octubre de 2025

Printed in Spain – Impreso en España

ISBN: 978-84-19650-95-5
Depósito legal: B-1.694-2024

Impreso en Talleres Gráficos Soler
Esplugues de Llobregat (Barcelona)

GT 50955